Analyse de l'œuvre

Par Dominique Coutant-Defer
et Johanna Biehler

Charlie et la Chocolaterie

de Roald Dahl

lePetitLittéraire.fr

Rendez-vous sur lepetitlitteraire.fr et découvrez :

Plus de 1200 analyses
Claires et synthétiques
Téléchargeables en 30 secondes
À imprimer chez soi

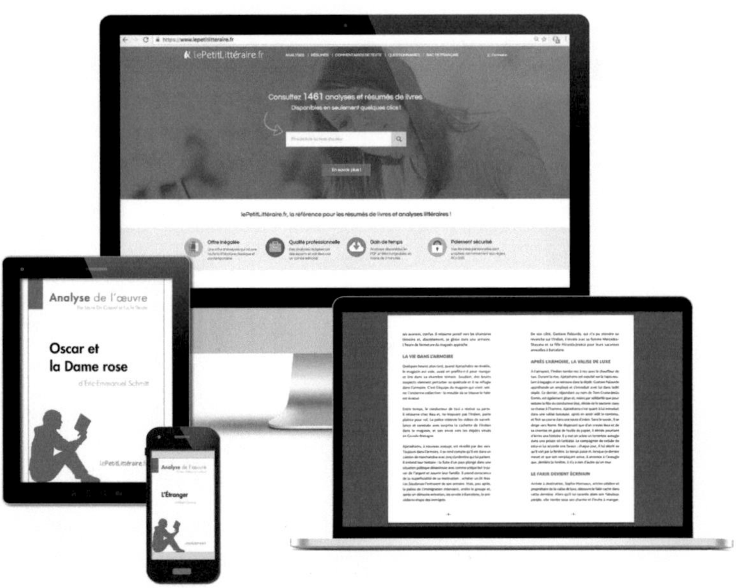

ROALD DAHL

ÉCRIVAIN BRITANNIQUE

- **Né en 1916 au pays de Galles**
- **Décédé en 1990 à Londres**
- **Quelques-unes de ses œuvres :**
    - *James et la Grosse Pêche* (1961), roman
    - *Sacrées sorcières* (1983), roman
    - *Matilda* (1988), roman

Né en 1916 au pays de Galles de parents norvégiens, Roald Dahl travaille en Afrique dans une compagnie pétrolière avant de s'engager dans la Royal Air Force pendant la Seconde Guerre mondiale (1939-1945). D'abord auteur de nouvelles et de romans pour le public adulte, il se lance dans la littérature pour la jeunesse une fois devenu père. Aujourd'hui, il est considéré comme l'écrivain pour enfants le plus apprécié dans le monde. Ses romans *Charlie et la Chocolaterie*, *Matilda* et *Sacrées sorcières* ont remporté un immense succès, et plusieurs de ses œuvres ont été portées à l'écran.

Depuis son décès en 1990, la Grande-Bretagne organise chaque 13 septembre, jour de naissance de l'écrivain, la journée Roald Dahl durant laquelle différents évènements culturels sont organisés dans les écoles anglaises.

CHARLIE ET LA CHOCOLATERIE

LE PREMIER SUCCÈS DE ROALD DAHL

- **Genre :** roman jeunesse
- **Édition de référence :** *Charlie et la Chocolaterie*, traduit de l'anglais par Élisabeth Gaspar, Paris, Gallimard, 2007, 224 p.
- **1re édition :** 1964
- **Thématiques :** pauvreté, gourmandise, fantastique, concours, vices

Paru en 1964, *Charlie et la Chocolaterie* est le premier grand succès de Roald Dahl. Ce récit, aux allures de conte, relate les aventures de Charlie Bucket, un petit garçon pauvre qui voit sa vie transformée par la découverte d'un ticket d'or dans une tablette de chocolat. Il peut ainsi rencontrer l'étrange Mr. Wonka et visiter sa célèbre chocolaterie.

RÉSUMÉ

LE TICKET D'OR

Le petit Charlie Bucket vit dans une minuscule maison avec ses parents et quatre grands-parents. Bien que son père travaille dans une usine de pâte dentifrice, son maigre salaire ne suffit pas à entretenir convenablement sa famille. La situation empire lorsqu'il est licencié quelques semaines plus tard. Charlie mange à sa faim, « mais ce qu'il désir[e] par-dessus tout, c'[est]... du CHOCOLAT » (p. 14). Ainsi, à chaque anniversaire, il reçoit en cadeau une tablette, qu'il fait durer un mois. Son envie est exacerbée par la proximité de la gigantesque chocolaterie Wonka, qui embaume l'air d'une douce odeur de chocolat. Charlie rêve d'y entrer, mais l'accès y est strictement interdit.

Tous les soirs, le petit garçon écoute les histoires de ses grands-parents qui l'adorent. Un jour, ils lui expliquent que Mr. Wonka est un véritable génie du chocolat. Il exporte sa production dans le monde entier, fournit les rois et a inventé, notamment, le caramel qui change de couleur toutes les dix secondes. Ils évoquent également les mysté-rieux ouvriers qui travaillent à la chocolaterie, qu'on ne voit jamais ni entrer ni sortir de l'usine. En effet, il y a longtemps, par crainte des espions qui s'étaient introduits dans son établissement, Mr. Wonka avait fermé son usine et disparu. Dix ans plus tard, la chocolaterie a rouvert. Depuis, bien qu'elle fonctionne, ses portes demeurent toujours closes.

Pourtant, un soir, le père de Charlie rentre à la maison en

brandissant un journal informant que « La chocolaterie Wonka ouvrira ses portes à quelques élus ». Mr. Wonka annonce en effet qu'il fera entrer dans son usine les cinq personnes qui trouveront un ticket d'or dans l'une de ses tablettes de chocolat, vendues dans le monde entier. Il les initiera à ses secrets et leur donnera « une quantité de chocolats et de bonbons qui devra suffire jusqu'à la fin de leurs jours » (p. 34). Charlie fête justement son anniversaire la semaine suivante et désire plus que tout recevoir un ticket d'or, mais l'espoir est bien mince.

Quand la date fatidique arrive, Charlie déballe sa tablette de chocolat devant sa famille très émue, qui l'a toutefois prévenu que les chances de trouver un ticket étaient infimes. Leur espoir est effectivement déçu. Charlie tient toutefois à partager le chocolat avec toute sa famille.

LES CINQ ÉLUS

Le monde entier se rue sur les tablettes de chocolat de Willy Wonka, et la photo du premier gagnant parait bientôt dans le journal : il s'agit d'Augustus Gloop, un répugnant garçonnet bouffi de graisse. Quelques jours plus tard, un deuxième ticket d'or est trouvé par Veruca Salt, une petite fille capricieuse et gâtée dont le père a acheté des centaines de milliers de tablettes de chocolat dans l'espoir de tomber sur le fameux sésame. Deux autres tickets sont ensuite trouvés, déclenchant l'hystérie collective : le premier a été découvert par Violette Beauregard, une fillette vaniteuse qui mâche sans cesse du chewing-gum, le second par Mike Teavee, qui passe son temps à regarder des films violents. La famille de Charlie est dégoutée une fois de plus par la bêtise des gagnants. Il ne reste plus qu'un ticket à découvrir.

Quand l'hiver rigoureux arrive, la famille de Charlie est affamée. Un soir, le garçonnet trouve dans la neige une pièce de 50 pence. Il décide de s'acheter une tablette de chocolat, qu'il mange dans la boutique. Lui restant quelques pièces en poche, il décide d'en acheter une seconde et y trouve le dernier ticket d'or, devant le marchand ébahi. Un attroupement se forme bientôt autour de Charlie qui se voit harcelé par plusieurs personnes voulant racheter son ticket contre de grosses sommes d'argent. Mais le garçon préfère le conserver.

À la maison, la joie est immense, et le grand-père Joe, qui n'a pas quitté son lit depuis vingt ans, bondit en l'air. Un message de Mr. Wonka accompagne le ticket : il promet au gagnant de le ravitailler en délicieuses victuailles jusqu'à la fin de ses jours. La visite de l'usine est prévue pour le lendemain. Fou de bonheur, Joe est désigné pour accompagner son petit-fils, autorisé à venir avec un seul membre de sa famille. Charlie étant l'heureux propriétaire du dernier ticket d'or, la maisonnette est envahie par les journalistes.

LA DÉCOUVERTE DE LA CHOCOLATERIE

Le lendemain, la foule se presse devant la chocolaterie, désireuse de voir les petits héros. Charlie se fait remarquer par sa maigreur et son absence de manteau. Mr. Wonka, qui ressemble « à un vieil écureuil vif et malicieux » (p. 86), ouvre les lourdes portes et accueille chaleureusement les enfants, chacun accompagné d'un de leurs parents. Ils pénètrent alors dans un dédale de couloirs et arrivent enfin devant la première salle, celle du chocolat.

Au milieu de la pièce coule une énorme rivière de chocolat, entourée de verdure luxuriante faite de sucre à la menthe. De curieux petits bonshommes scrutent les visiteurs. Mr. Wonka les présente comme des Oompa-Loompas : il les a ramenés de Loompaland où ils mouraient de faim et recherchaient sans cesse des graines de cacao, dont ils sont très friands. Habituée à recevoir tout ce qu'elle désire, Veruca Salt réclame aussitôt un Oompa-Loompa à son père, tandis qu'Augustus Gloop entreprend de laper le chocolat chaud de la rivière. Mais soudain, celui-ci est happé par un des étroits tuyaux qui plongent dans la rivière, au grand désespoir de sa mère. Mr. Wonka, très amusé, promet qu'il ne lui arrivera rien. Pourtant, au terme de l'histoire, on retrouve le jeune garçon métamorphosé puisque son séjour dans le tuyau l'a aminci. Les petits bonshommes, qui passent leur temps à plaisanter, entonnent un chant dans lequel ils se moquent d'Augustus Gloop et de sa gloutonnerie.

Mr. Wonka embarque ensuite les enfants dans son yacht personnel, fabriqué en confiserie rose. Devinant que Charlie et son grand-père meurent de faim, il leur offre une tasse de chocolat puisé dans la rivière.

Ils arrivent ensuite dans la salle des inventions, temple de la chocolaterie. Ils y découvrent, par exemple, le bonbon inusable ou le caramel qui fait pousser les cheveux. Au centre de la salle trône une machine qui distribue des chewing-gums de toutes les couleurs. Mr. Wonka vient justement d'inventer le chewing-gum qui remplace un repas complet.

Violette Beauregard, qui ne cesse de mastiquer, demande à le tester. Elle change alors soudainement de couleur et se transforme en un gigantesque fruit violet : elle vient de mâcher un substitut d'une tarte à la myrtille. Mr. Wonka, faussement ennuyé, prévient que l'invention n'est pas encore au point. Il la fait conduire à la salle des jus de fruits pour qu'elle soit pressée. Malheureusement, la jeune fille gardera le visage violet. Les Oompa-Loompas entonnent alors une chanson critiquant la manie de Violette de mâcher sans cesse du chewing-gum.

« Et voilà, deux méchants enfants nous quittent » (p. 143), soupire Mr. Wonka. Le groupe traverse à présent d'immenses couloirs. Mr. Wonka leur signale la salle des bonbons alcoolisés, dont les Oompa-Loompas raffolent. Ils s'arrêtent ensuite dans la salle aux noix, où des écureuils sont dressés à décortiquer les fruits. Sur ordre de sa fille, le père de Veruca demande à les acheter pour la contenter. Face au refus de Mr. Wonka, Veruca tente d'en attraper un elle-même. Cependant, les écureuils, furieux de sa tentative, l'attirent vers la salle des détritus d'où elle sortira sale. Cette mésaventure est l'occasion pour les Oompa-Loompas de se moquer des caprices de la jeune fille dans une nouvelle chanson.

La troupe emprunte ensuite l'ascenseur, qui les promène dans toute la chocolaterie. Mr. Wonka et les enfants pénètrent alors dans la salle du chocolat télévisé qui, à la manière d'un téléviseur classique qui découpe une image en des milliers de morceaux, fabrique une multitude de tablettes à partir d'une image de chocolat enregistrée par une caméra. Mike Teavee, rendu fou par la vue du téléviseur, s'approche trop près de la caméra et se retrouve désintégré en mille morceaux qui disparaissent dans l'atmosphère. Il finit par se reconstituer dans l'écran de télévision : sa mère parvient à le saisir, mais il est à présent d'une taille minuscule. Mr. Wonka propose de l'allonger au moyen d'un tuyau aspirateur qui agrandit l'enfant : il en sortira filiforme. Les Oompa-Loompas soulignent en chantant les méfaits de la télévision.

Charlie est désormais le dernier enfant : Mr. Wonka lui annonce qu'il a gagné et qu'il va pouvoir découvrir l'extérieur de la chocolaterie. Ils montent alors à bord d'un ascenseur qui, arrivé au toit, traverse ce dernier : Charlie et Joe admirent, émerveillés, la ville vue d'en haut. Ils aperçoivent les autres enfants et leurs parents devant les portes d'entrée. Mr. Wonka annonce alors à Charlie qu'il lui lèguera son usine quand il sera grand. En attendant, il l'initiera à ses secrets de fabrication et toute sa famille pourra venir habiter dans la chocolaterie.

ÉTUDE DES PERSONNAGES

CHARLIE BUCKET

Il est dit de Charlie Bucket, dans la description des « cinq enfants du livre », qu'il s'agit du héros. Charlie est un petit garçon trop mince pour son âge qui vit avec ses parents et ses quatre grands-parents dans une maisonnette en bois délabrée qui laisse passer des courants d'air glacial en hiver. Toute la famille vit du seul et maigre salaire de M. Bucket qui travaille dans une fabrique de dentifrice. Leurs repas se composent immanquablement de choux et de pommes de terre. Charlie a appris à se contenter de peu et ne demande rien à ses parents. Pourtant, il rêve en secret de pouvoir manger du chocolat plus souvent : le petit garçon ne reçoit qu'une tablette par an en guise de cadeau d'anniversaire. Pour lui faire oublier sa faim, ses grands-parents le distraient en lui racontant des histoires à propos de la chocolaterie qui embaume la ville.

À la fin de la visite de l'usine, Willy Wonka le décrit comme un « enfant sage, sensible et affectueux » (chapitre XXX). Contrairement aux autres gagnants du concours, il s'est montré obéissant et mesuré, n'a fait ni bêtise ni caprice. Ce sont précisément ces qualités que le chocolatier attend de la part de son futur héritier. Charlie met ainsi sa famille à l'abri du besoin.

Le nom de famille de Charlie est particulièrement ironique. Cet enfant qui meurt de faim s'appelle Bucket, c'est-à-dire « seau » en français, terme utilisé en anglais dans des expressions signifiant « en grande quantité » (par exemple *to rain buckets* peut se traduire par « pleuvoir à verse »).

WILLY WONKA

Willy Wonka dirige une chocolaterie qui produit de merveilleux bonbons. Le grand-père Joe dit de lui qu'il est « le chocolatier le plus fascinant, le plus fantastique, le plus extraordinaire qu'on ait jamais vu » (chapitre II). Il s'est retiré de la vie publique durant dix ans suite à des affaires d'espionnage industriel. Son usine a pourtant continué à produire du chocolat grâce à une tribu d'Oompa-Loompas. Quand Charlie le rencontre, cela fait des années que personne ne l'a vu. C'est un homme âgé vêtu d'un chapeau haut de forme et d'une queue de pie. Il a une petite barbiche en pointe et des yeux extrêmement brillants. Il a l'air malin et ses gestes sont très rapides, comme ceux d'un « vieil écureuil vif et malicieux » (chapitre XIV). Il porte peu d'intérêts aux malheurs que subissent les enfants durant la visite de sa fabrique et en devient même parfois un peu inquiétant. Le concours qu'il organise est présenté comme la visite de sa chocolaterie réservée à une petite poignée de privilégiés, alors que le véritable but est de lui trouver un successeur. Lui-même n'a ni enfant ni famille à qui apprendre tous ses secrets de fabrication. Il est très heureux du résultat, car Charlie était son préféré.

AUGUSTUS GLOOP

Augustus est le premier gagnant du concours. Il est décrit comme un enfant très gourmand. Tout son personnage évoque la nourriture. Ainsi, son nom de famille rappelle le bruit d'une déglutition tandis que son physique est « tout flasque et tout en bourrelets de graisse » (chapitre VI). Sa gloutonnerie l'amène à tomber dans la rivière de chocolat et à être aspiré par l'un des tuyaux qui font circuler le liquide dans le reste de l'usine.

VERUCA SALT

Veruca Salt est une fillette capricieuse qui obtient toujours tout ce qu'elle veut de ses parents qui la gâtent trop. Son père n'a ainsi pas hésité à acheter des centaines de milliers de tablettes de chocolat pour augmenter les chances de sa fille de trouver un ticket d'or. Elle sera punie de ses caprices par les écureuils de la chocolaterie qu'elle exige à son père d'acheter.

VIOLETTE BEAUREGARD

Violette Beauregard est une compétitrice dans l'âme. Elle a battu le record de durée de mastication d'un chewing-gum. Elle a une véritable passion pour cette friandise. La grand-mère de Charlie, Georgina, la trouve « abominable » (chapitre VIII) et estime que mâcher du chewing-gum en permanence lui portera malheur. En effet, la désobéissance de la petite fille l'a transformée en un fruit dont la couleur correspond à son prénom : Violette est devenue violette et ronde comme une myrtille. Willy Wonka souligne l'ironie de la situation dans le chapitre VII.

MIKE TEAVEE

Mike Teavee semble porter un nom prédestiné à son addic-tion à la télévision (prononcez « *tivi* », soit l'équivalent de l'acronyme français TV). En plus de passer son temps devant son poste, il est obsédé par la violence et les armes au point de porter « pas moins de dix-huit pistolets d'enfant de toutes les tailles accrochés à des ceinturons tout autour de son corps » (chapitre VIII). Il est « désintégré en un million de petits morceaux » (chapitre XXVII) par la dernière création de Willy Wonka, le chocolat télévisé. Il faudra l'étirer comme du chewing-gum pour qu'il retrouve sa taille normale.

GRAND-PÈRE JOE

Grand-papa Joe est le grand-père paternel de Charlie. Il est très âgé et semble fragile, mais il retrouve sa vigueur le soir pour raconter des histoires à son petit-fils et le distraire. C'est lui qui semble le mieux connaitre Willy Wonka. Afin de faire plaisir à son petit-fils, il lui offre toutes ses économies pour qu'il tente à nouveau sa chance avec l'achat d'une tablette de chocolat après son anniversaire. De tous les membres de sa famille, c'est lui que Charlie choisit pour l'accompagner lors de la visite de la chocolaterie.

CLÉS DE LECTURE

SCHÉMA ACTANCIEL

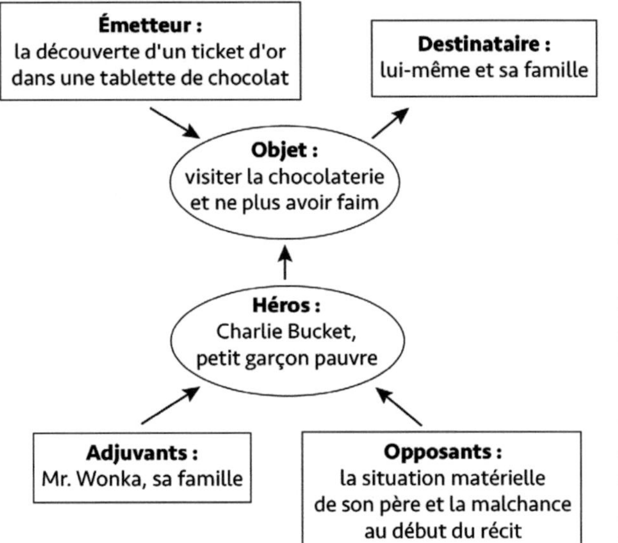

SCHÉMA NARRATIF

Situation initiale : c'est le début de l'histoire, le moment où on plante le décor et où on présente les personnages ; la situation est équilibrée, c'est-à-dire qu'elle n'a aucune raison d'évoluer.

- La famille de Charlie Bucket vit dans de tristes conditions.

Élément perturbateur : c'est un évènement qui vient perturber la situation initiale et qui va déclencher l'histoire proprement dite.

- Ils apprennent que Mr. Wonka, propriétaire de la chocolaterie de la ville, organise un concours dont le prix est la visite de sa mystérieuse usine. Il faut trouver un des cinq tickets d'or, répartis dans les tablettes de chocolat Wonka vendues dans le monde entier.

Péripéties : ce sont les évènements provoqués par l'élément perturbateur et qui entrainent la ou les actions entreprises par le héros pour résoudre le problème.

- Charlie trouve un ticket d'or. Les gagnants visitent la chocolaterie où Mr. Wonka leur fait découvrir ses inventions. Les quatre autres enfants, tous plus insupportables les uns que les autres, sont punis de leurs mauvais penchants.

Dénouement : il met un terme aux péripéties et conduit à la situation finale.

- Willy Wonka se rend compte que seul Charlie est un petit garçon agréable et méritant.

Situation finale : c'est la fin de l'histoire. La situation est à nouveau stable, comme la situation initiale, mais elle a subi des transformations.

- Mr. Wonka lègue sa chocolaterie à Charlie. En attendant qu'il ait l'âge requis, il l'initiera à ses secrets de fabrication.

UN ROMAN POUR LA JEUNESSE

En plus des traditionnels contes pour enfants comme ceux de Perrault (écrivain français, 1628-1703) ou des frères Grimm (linguistes et écrivains allemands du xixe siècle), les jeunes lecteurs ont à leur disposition des œuvres spécifiques, qui leur sont destinées : il s'agit de la littérature jeunesse. Ce genre d'ouvrage s'est considérablement développé depuis le milieu du xixe siècle, où sont apparus des livres comme *Oliver Twist* de Charles Dickens (écrivain anglais, 1812-1870) ou *Sans famille* d'Hector Malot (écrivain français, 1830-1907).

La littérature jeunesse possède certaines caractéristiques, qu'on retrouve dans *Charlie et la Chocolaterie* :

- **la focalisation interne**. Les récits sont centrés sur un ou plusieurs enfants. Dans *Charlie et la Chocolaterie*, l'attention des jeunes lecteurs est portée sur Charlie et les autres enfants détenteurs d'un ticket d'or ;
- **l'identification**. Comme les personnages principaux sont des enfants, les jeunes lecteurs peuvent s'y identifier car ils peuvent parfois rencontrer des situations similaires ;
- **les thèmes propres à la littérature enfantine** :
  - la vie familiale. Charlie vit dans une famille de sept personnes que le père a bien du mal à nourrir ; mais tous les membres sont solidaires et soudés par l'amour, la solidarité face à l'adversité et l'espoir en des jours meilleurs ;
  - la gourmandise des enfants. Charlie adore le chocolat, cela en devient une obsession. Il en est enivré par l'odeur répandue dans toute la ville et fait durer un

mois l'unique tablette de chocolat qu'il reçoit pour son anniversaire. Les gagnants du concours organisé par Willy Wonka ont accès à sa chocolaterie : son curieux propriétaire leur promet des tonnes de friandises à l'issue de la visite ;

- ◦ le lieu interdit. Charlie pénètre dans la chocolaterie, un lieu normalement inaccessible.

En outre, le récit prend des allures de conte merveilleux :

- **les personnages sont répartis de façon manichéenne** : il y a les bons d'un côté et les méchants de l'autre, sans aucune épaisseur psychologique. Charlie et sa famille sont droits et honnêtes malgré leur pauvreté, tandis que les autres enfants sont bouffis d'orgueil et emplis de défauts que leurs parents encouragent ;
- **les dates et les lieux sont souvent imprécis** : on ne sait pas vraiment où ni à quelle époque vivent les personnages alors que le concours organisé par Willy Wonka concerne le monde entier. L'auteur parle uniquement de « villes lointaines » pour situer les heureux gagnants ;
- **la présence d'êtres fabuleux** : ainsi, nous retrouvons Willy Wonka, qui a tout d'un magicien (il est l'auteur d'incroyables inventions, comme les bonbons inusables), ou les curieux Oompa-Loompas qui l'entourent ;
- **la présence d'objets magiques** : tels l'ascenseur qui transperce le toit ou le téléviseur aux étranges pouvoirs ;
- **la fonction éducative** : le sage Charlie est récompensé, tandis que les autres enfants sont punis de leurs mauvaises actions. En effet, une leçon de sagesse ou une morale est souvent délivrée dans ce type de récit, ce qui

le destine prioritairement à un jeune public qui peut y trouver des réponses à ses angoisses ou préoccupations.

Quant au style d'écriture, il est attrayant pour un jeune public : la langue est simple, les dialogues sont nombreux et le roman, relativement long, est divisé en courts chapitres pour éviter de lasser les jeunes lecteurs. De plus, des illustrations de Quentin Blake émaillent le texte comme le désirait l'auteur.

UN ROMAN QUI EN APPELLE AUX SENS

Les œuvres pour la jeunesse font face à un paradoxe : si elles sont trop descriptives et que les auteurs se laissent aller à mentionner une foule de détails, le jeune lecteur se perd. Pourtant, ce sont les descriptions qui, justement, donnent une image mentale d'un l'objet ou d'un paysage et permettent à une œuvre d'acquérir une certaine qualité littéraire. Elles sont même indispensables à la compréhension, et cela même chez l'enfant car la description a deux fonctions :

- elle fait la transition entre le réel et la fiction. Le jeune lecteur peut ainsi faire une comparaison entre ce qu'il connait et l'imaginaire pur ;
- elle donne des repères indispensables au développement de l'enfant qui passe du stade de la sensation immédiate à l'abstraction.

Selon Nicole Biagioli, « les paysages qui plaisent le plus aux enfants ne sont pas ceux qui leur rappellent la réalité extérieure, mais ceux qui ressemblent à leur réalité intérieure.

Ils sont le portrait de leur inconscient » (« Descriptif et description du paysage dans la littérature de jeunesse », in *HAL archives-ouvertes*). Dans *Charlie et la Chocolaterie*, cette professeure voit dans les descriptions de l'usine de Willy Wonka des rappels inconscients d'une étape du développement de l'enfant établie par la psychanalyse, le stade oral. Le bébé découvre le monde grâce à sa bouche ; l'enfant plus âgé tire encore du plaisir de cet organe à travers l'alimentation et le gout. C'est précisément ce plaisir de manger une nourriture « pour enfant », du chocolat, qui est refusé à Charlie du fait de la grande pauvreté de sa famille. En plus du plaisir visuel et olfactif qu'il ressent lors de la visite de la chocolaterie, le héros (et à travers lui, le lecteur) éprouve un sentiment accru d'excitation quand il lui apprend que tout est mangeable dans la fameuse salle où coule une rivière de chocolat. La description de ce paysage, à la fois visuel et gustatif, est particulièrement précise et importante pour le récit car il s'agit de la première salle, celle qui donne le ton. Dans le chapitre précédent, le grand-père Joe a dit que l'usine sentait particulièrement bon. L'auteur nous offre une énumération d'odeurs censées éveiller la gourmandise du lecteur :

> « Les plus merveilleux parfums du monde se rencontraient dans l'air qu'ils respiraient. Un savant mélange de café grillé, et de sucre confit, et de chocolat fondu, et de menthe, et de violette, et de noisette pilée, et de fleur de pommier, et de caramel, et de zeste de citron... » (chapitre XIV)

L'attention donnée aux descriptions démontre les qualités d'écriture de Roald Dahl : donner juste assez de détails pour que le lecteur ne se lasse pas, tout en faisant passer clairement une image mentale. Les nombreuses descriptions présentes dans *Charlie et la Chocolaterie* en font une œuvre particulièrement visuelle, donc très intéressante à adapter au cinéma.

UNE ŒUVRE CONTROVERSÉE

Le racisme

Les Oompa-Loompas ont été à la source d'une accusation de racisme. Dans les premières éditions de *Charlie et la Chocolaterie*, ils sont présentés comme une tribu de petits hommes à la peau foncée originaire d'Afrique qui travaillent pour des revenus accordés en nature, du chocolat (soit pour un salaire inexistant). Cette description a rappelé le commerce triangulaire, autre nom de la traite d'esclaves, mis en place entre l'Afrique, les Amériques et l'Europe au XVIIIe siècle. Les hommes étaient transportés contre leur gré à fond de cale, sans eau ni nourriture, pour être exploités dans des exploitations agricoles. Un parallèle est ainsi fait entre ces hommes et les Oompa-Loompas :

- ils ont été transportés dans des caisses par Willy Wonka ;
- ils s'habillent sommairement avec des peaux de bêtes et des feuilles, tandis que les enfants sont nus ;
- ils ont appris l'anglais par la force des choses et ne parlent apparemment plus leur langue maternelle ;
- ils sont un peu polissons comme des enfants turbulents et font des plaisanteries ;
- ils aiment improviser des chansons, danser et écouter de la musique.

Pour Willy Wonka, ce sont de « merveilleux ouvriers », mais la critique universitaire y voit totalement autre chose. Ainsi, Ganna Ottevaere-Van Praag voit dans les Oompa-Loompas des « pygmées noirs aux cheveux crépus [qui] boivent comme des trous » (*Histoire du récit pour la jeunesse au XXe siècle*, p. 158). C'est pourquoi Roald Dahl a été soupçonné de faire l'apologie du colonialisme et de l'esclavage. L'auteur, afin d'apaiser les tensions, a dès lors modifié sa description des Oompa-Loompas : « Il[s] avai[en]t la peau rosée, de longs cheveux châtain doré, et le sommet de [leur] tête arrivait juste au genou de Mr Wonka. » (chapitre XVII) De plus, il leur a créé un nouveau pays d'origine, le Loompaland. Cette contrée imaginaire écarte toute référence au réel et supprime donc les conjectures éventuelles quant aux idées politiques de l'auteur. Depuis 1973, c'est cette version cen-surée qui prévaut.

La violence

Les romans de Roald Dahl ont été considérés, à plusieurs reprises, comme trop violents pour ses jeunes lecteurs. Ses détracteurs y ont vu une justification de la violence faite aux enfants. Effectivement, le sort réservé aux jeunes gagnants désobéissants n'est guère enviable : Augustus est coincé dans un tuyau, Veruca est envoyée aux ordures, Mike est étiré jusqu'à devenir informe, et Violette se transforme en une énorme myrtille, ce qui la rend susceptible de devenir un des ingrédients de la chocolaterie. Par le traitement réservé à cette dernière, Violette n'est pas à proprement parler une petite fille, selon la professeure de littérature Nathalie Prince :

> « réduite à un tic, à un geste itératif – le fait de manger du
> chewing-gum – elle est réifiée, chosifiée, elle n'est plus qu'un
> objet à mâcher. Rien d'étonnant à ce qu'elle devienne fina-
> lement un objet animé, un fruit – une myrtille – après avoir
> goûté l'une des inventions terribles de Monsieur Wonka. »
> (*La Littérature de jeunesse*, p. 85-86)

Roald Dahl a été violemment critiqué à ce sujet. Interrogé à propos de la violence subie par les « méchants » (et perçue par les adultes comme néfaste pour les enfants), Roald Dahl estime qu'il ne fait qu'adopter le point de vue de ses jeunes lecteurs. Il en profite pour attaquer la critique et particulièrement Eleanor Cameron (auteure américaine, 1912-1996) qui a écrit un article à charge contre lui : « Ces imbéciles [les critiques] ne comprennent pas ce que les enfants aiment. Ils aiment lire comment des gens désagréables sont éliminés dans une chocolaterie [...] ils fantasment. » (cité par TILLIER A., *Les Livres pour enfants de Roald Dahl*, mémoire de fins d'études, diplôme supérieur de bibliothécaire, 1983, p. 12) De son point de vue, il ne fait que répondre à l'envie enfantine de voir les méchants punis. Son œuvre n'a alors rien d'immorale et ne présente pas de violence insupportable pour un jeune lectorat. Il s'agit même d'une des origines de l'humour présent dans ses textes. Ainsi, « l'humour que déploie Dahl acquiert [...] un ton spécial. D'un côté, il décrit des situations d'horreur, de terreur et de peur et, d'un autre côté, il provoque le rire et même l'hilarité. Ce double aspect, typique de l'humour noir, consiste à représenter l'horrible et le répugnant sous une forme comique. » (CAMERON J. « A master of the macabre », in *Telegraph Sunday Magazine*, février 1976).

L'humour

En plus de l'humour noir présent grâce à la coexistence, au sein d'une même œuvre, de situations effrayantes et comiques, l'humour chez Roald Dahl passe par le jeu avec les mots. Cela est particulièrement sensible dans le choix des noms des personnages qui offre d'emblée au lecteur un grand nombre d'informations. Pour Nathalie Prince, il s'agit là d'une facilité d'écriture acceptable dès lors que l'on annonce écrire pour la jeunesse : « Les personnages de la littérature enfantine sont victimes de leurs noms, d'emblée réducteur, et sont stylisés en conséquence, tant et si bien qu'ils peuvent se passer d'épaisseur psychologique et que leur seule fonction est d'obéir à ce critère définitionnel qui les caractérise. » (*La Littérature de jeunesse*, Paris, Armand Colin, p. 116). Ainsi, Roald Dahl utilise l'aptonymie (figure de style qui consiste à donner à ses personnages des noms en relation avec leurs préoccupations ou un trait de caractère) comme le prouve le nom d'Augustus Gloop qui fait référence à sa gloutonnerie.

Roald Dahl a écrit une suite à ce roman, *Charlie et le Grand Ascenseur de verre*, publié en 1972 (traduit en 1978 en français) qui a eu moins de succès que le premier volet. En effet, en dépit des controverses, *Charlie et la Chocolaterie* est considéré comme un classique de la littérature pour enfants. Son univers a ainsi inspiré deux adaptations ciné-matographiques en 1971 et 2005.

QUELQUES QUESTIONS POUR APPROFONDIR SA RÉFLEXION...

- Que pensez-vous des noms des concurrents de Willy Wonka (Fickelgruber, Prodnose, Slugworth) ? Identifiez les procédés comiques employés par l'auteur. Quels sont selon vous leurs rôles ?
- Comment expliquez-vous la grande place accordée à la nourriture dans ce roman ?
- Les condisciples de Charlie présentent les défauts identifiés par Roald Dahl à son époque. Sont-ils toujours d'actualité ? Quelles sont les obsessions des enfants d'aujourd'hui ?
- Inventez une nouvelle salle de production pour la chocolaterie. Quel bonbon y est fabriqué et quel danger pourrait-elle recéler ?
- Quelles sont les caractéristiques des chansons des Oompa-Loompas ?
- *Charlie et la Chocolaterie* est-elle une œuvre moraliste ?
- Pensez-vous que les accusations de violence soient justifiées ? Faut-il présenter aux enfants des œuvres parfaitement exemptes de violence ?
- La fin de *Charlie et la Chocolaterie* vous rappelle-t-elle d'autres contes ?
- Roald Dahl a raconté sa jeunesse dans la roman *Moi, Boy*. Trouvez-vous dans *Charlie et la chocolaterie* une dimension autobiographique ?
- Quels points communs pouvez-vous établir entre Roald Dahl, Lewis Carroll (auteur d'*Alice au pays des merveilles*)

et J. K. Rowling (auteur de la saga *Harry Potter*) ?
- L'adaptation cinématographique réalisée par Tim Burton respecte-t-elle l'œuvre de Roald Dahl ?

POUR ALLER PLUS LOIN

ÉDITION DE RÉFÉRENCE

- Dahl R., *Charlie et la Chocolaterie*, Paris, Gallimard, 2007.

ÉTUDES DE RÉFÉRENCE

- Biagioli N., « Descriptif et description du paysage dans la littérature de jeunesse », in *HAL archives-ouvertes*, consulté le 20 décembre 2016.
- Cameron J., « A master of the macabre », in *Telegraph Sunday Magazine*, février 1976.
- Ottevaere-Van Praag G., *Histoire du récit pour la jeunesse au XXe siècle*, Bruxelles, Lang, 1999.
- Prince N., *La littérature de jeunesse*, Paris, Armand Colin, coll. « U », 2015.
- Propp V., *Morphologie du conte*, Paris, Seuil, 1970.
- Tillier A., *Les livres pour enfants de Roald Dahl*, mémoire de fins d'études, diplôme supérieur de bibliothécaire, 1983.

ADAPTATIONS

- *Charlie et la Chocolaterie*, film de Mel Stuart avec Gene Wilder, Jack Albertson, Peter Ostrum et Julie Dawn Cole, États-Unis, 1971.
- *Charlie et la Chocolaterie*, film de Tim Burton avec Johnny Depp, Freddie Highmore, David Kelly et Helena Bonham Carter, États-Unis, 2005.

SUR LEPETITLITTÉRAIRE.FR

- Fiche de lecture sur *Matilda* de Roald Dahl.

Retrouvez notre offre complète sur lePetitLittéraire.fr

- des fiches de lectures
- des commentaires littéraires
- des questionnaires de lecture
- des résumés

ANOUILH
- Antigone

AUSTEN
- Orgueil et Préjugés

BALZAC
- Eugénie Grandet
- Le Père Goriot
- Illusions perdues

BARJAVEL
- La Nuit des temps

BEAUMARCHAIS
- Le Mariage de Figaro

BECKETT
- En attendant Godot

BRETON
- Nadja

CAMUS
- La Peste
- Les Justes
- L'Étranger

CARRÈRE
- Limonov

CÉLINE
- Voyage au bout de la nuit

CERVANTÈS
- Don Quichotte de la Manche

CHATEAUBRIAND
- Mémoires d'outre-tombe

CHODERLOS DE LACLOS
- Les Liaisons dangereuses

CHRÉTIEN DE TROYES
- Yvain ou le Chevalier au lion

CHRISTIE
- Dix Petits Nègres

CLAUDEL
- La Petite Fille de Monsieur Linh
- Le Rapport de Brodeck

COELHO
- L'Alchimiste

CONAN DOYLE
- Le Chien des Baskerville

DAI SIJIE
- Balzac et la Petite Tailleuse chinoise

DE GAULLE
- Mémoires de guerre III. Le Salut. 1944-1946

DE VIGAN
- No et moi

DICKER
- La Vérité sur l'affaire Harry Quebert

DIDEROT
- Supplément au Voyage de Bougainville

DUMAS
- Les Trois Mousquetaires

ÉNARD
- Parlez-leur de batailles, de rois et d'éléphants

FERRARI
- Le Sermon sur la chute de Rome

FLAUBERT
- Madame Bovary

FRANK
- Journal d'Anne Frank

FRED VARGAS
- Pars vite et reviens tard

GARY
- La Vie devant soi

GAUDÉ
- La Mort du roi Tsongor
- Le Soleil des Scorta

GAUTIER
- La Morte amoureuse
- Le Capitaine Fracasse

GAVALDA
- 35 kilos d'espoir

GIDE
- Les Faux-Monnayeurs

GIONO
- Le Grand Troupeau
- Le Hussard sur le toit

GIRAUDOUX
- La guerre de Troie n'aura pas lieu

GOLDING
- Sa Majesté des Mouches

GRIMBERT
- Un secret

HEMINGWAY
- Le Vieil Homme et la Mer

HESSEL
- Indignez-vous !

HOMÈRE
- L'Odyssée

HUGO
- Le Dernier Jour d'un condamné
- Les Misérables
- Notre-Dame de Paris

HUXLEY
- Le Meilleur des mondes

IONESCO
- Rhinocéros
- La Cantatrice chauve

JARY
- Ubu roi

JENNI
- L'Art français de la guerre

JOFFO
- Un sac de billes

KAFKA
- La Métamorphose

KEROUAC
- Sur la route

KESSEL
- Le Lion

LARSSON
- Millenium I. Les hommes qui n'aimaient pas les femmes

LE CLÉZIO
- Mondo

LEVI
- Si c'est un homme

LEVY
- Et si c'était vrai...

MAALOUF
- Léon l'Africain

MALRAUX
• La Condition
  humaine

MARIVAUX
• La Double
  Inconstance
• Le Jeu de l'amour
  et du hasard

MARTINEZ
• Du domaine
  des murmures

MAUPASSANT
• Boule de suif
• Le Horla
• Une vie

MAURIAC
• Le Nœud
  de vipères

MAURIAC
• Le Sagouin

MÉRIMÉE
• Tamango
• Colomba

MERLE
• La mort est
  mon métier

MOLIÈRE
• Le Misanthrope
• L'Avare
• Le Bourgeois
  gentilhomme

MONTAIGNE
• Essais

MORPURGO
• Le Roi Arthur

MUSSET
• Lorenzaccio

MUSSO
• Que serais-je
  sans toi ?

NOTHOMB
• Stupeur et
  Tremblements

ORWELL
• La Ferme
  des animaux
• 1984

PAGNOL
• La Gloire de
  mon père

PANCOL
• Les Yeux jaunes
  des crocodiles

PASCAL
• Pensées

PENNAC
• Au bonheur
  des ogres

POE
• La Chute de la
  maison Usher

PROUST
• Du côté de
  chez Swann

QUENEAU
• Zazie dans
  le métro

QUIGNARD
• Tous les matins
  du monde

RABELAIS
• Gargantua

RACINE
• Andromaque
• Britannicus
• Phèdre

ROUSSEAU
• Confessions

ROSTAND
• Cyrano de
  Bergerac

ROWLING
• Harry Potter à
  l'école des sor-
  ciers

SAINT-EXUPÉRY
• Le Petit Prince
• Vol de nuit

SARTRE
• Huis clos
• La Nausée
• Les Mouches

SCHLINK
• Le Liseur

SCHMITT
- La Part de l'autre
- Oscar et la
  Dame rose

SEPULVEDA
- Le Vieux qui
  lisait des romans
  d'amour

SHAKESPEARE
- Roméo et Juliette

SIMENON
- Le Chien jaune

STEEMAN
- L'Assassin
  habite au 21

STEINBECK
- Des souris et
  des hommes

STENDHAL
- Le Rouge et
  le Noir

STEVENSON
- L'Île au trésor

SÜSKIND
- Le Parfum

TOLSTOÏ
- Anna Karénine

TOURNIER
- Vendredi ou
  la Vie sauvage

TOUSSAINT
- Fuir

UHLMAN
- L'Ami retrouvé

VERNE
- Le Tour
  du monde
  en 80 jours
- Vingt mille
  lieues sous
  les mers
- Voyage au
  centre de
  la terre

VIAN
- L'Écume des jours

VOLTAIRE
- Candide

WELLS
- La Guerre des
  mondes

YOURCENAR
- Mémoires
  d'Hadrien

ZOLA
- Au bonheur
  des dames
- L'Assommoir
- Germinal

ZWEIG
- Le Joueur
  d'échecs

www.lepetitlitteraire.fr

ISBN version numérique : 978-2-8062-4147-4
ISBN version papier : 978-2-8062-4171-9
Dépôt légal : D/2013/12603/151

Avec la collaboration de Johanna Biehler pour l'étude des personnages de Charlie Bucket, Willy Wonka, Augustus Gloop, Violette Beauregard, Mike Teavee et le grand-père Joe, pour les chapitres « Un roman qui en appelle aux sens » et « Une œuvre controversée » ainsi que pour les « Pistes de réflexion ».

Conception numérique : Primento,
le partenaire numérique des éditeurs.

Ce titre a été réalisé avec le soutien de la Fédération Wallonie-Bruxelles, Service général des Lettres et du Livre.